KB209932

밀화부리가 다녀간 이유

왕태삼 시집

늦가을 매화나무에 올라

약전지할까

강전지할까

또 머뭇거리다가

손톱 끝만 자르고 맙니다

봄이 오고 또 몇 번 봄이 지났을까

그래도 강전지한 옆집 할아버지네 매화에서

잎눈과 꽃눈은

더 방긋이 더 사람에게로 열립니다

못 보던 잎눈도 꽃눈도 터졌습니다

내 자잘한 시는 늘 후회하며

더 사정없이 잘리기를

더 차운 사거리에서 울기를 소망합니다

2024 성탄전야

왕태삼

차 례

● 시인의 말

제1부

숫돌 ——— 10

아기꽃상추 스승 ——— 11

네 발 시인 ——— 12

사랑은 계수나무 ——— 14

모과나무 집 ——— 15

죽녹원에서 ——— 16

문진文鎭 ——— 17

시 창작 교실 열리다 ——— 18

굴뚝같은 어머니 ——— 19

밀화부리가 다녀간 이유 ——— 20

김장은 철들게 한다 ——— 22

비포장 ——— 23

폭포 심경 ——— 24

제2부

막걸리길 ──── 28

은사님과 소바를 마시며 ──── 29

사탄의 간언 ──── 30

뒷산 졸참나무 ──── 32

나목 ──── 33

노랑할미새 ──── 34

온난화 2 ──── 35

호반새 ──── 36

데미샘 ──── 37

시인의 아버지 ──── 38

정원수 ──── 40

감나무 형님 ──── 41

상수리나무 화장대 ──── 42

플라스틱 사피엔스 ──── 43

제3부

젊은 시인의 무덤 ——— 46

그 겨울의 화개 ——— 48

유작시 ——— 49

제주도에 늦었지만 ——— 50

씀바귀꽃이야 ——— 52

놀자 친구네 집 ——— 53

바람의 씨앗들 ——— 54

섬돌 형님 ——— 55

본다 ——— 56

능제를 만나 ——— 57

붕어섬 ——— 58

아름다운 작별 ——— 59

코로나 신화 ——— 60

제4부

아름다운 폐업 ———— 62

귀촌 친구네 ———— 64

아주머니는 시인이다 ———— 65

경칩 ———— 66

0순위 리모델링 ———— 67

다낭보살의 호리병 ———— 68

새 ———— 70

누나는 신부스러워 ———— 71

금목서꽃 ———— 72

庭園師 노재봉 ———— 73

신의 목소리 ———— 74

대나무의 고백 ———— 76

제5부

인구 감소 ──── 78

사각 미러를 달아주며 ──── 80

부모 ──── 81

개망초 박해 ──── 82

공은 날아서 달이 된 친구에게 ──── 84

할아버지 할머니를 새집으로 모시며 ──── 86

추석에 반달 송편 나눠 먹고 ──── 88

신형 냉장고 ──── 89

석정의 대숲 ──── 90

크낙새 별 되신 이에게 ──── 92

독사의 생존법 ──── 95

누이의 노래 ──── 96

왕태삼의 시세계 | 소재호 ──── 97

제1부

숫돌

검은 숫돌 속엔 빛이 들어 있다
우리 집 숫돌은 배가 꺼지지 않았지만
철식이네 숫돌은 늘 배가 고파 있었다
뱃가죽이 홀쭉해 갈수록
그 집 암소는 황금 들녘으로 자라고
친구 뒤꼭지는 밤톨처럼 단정했다
그의 여동생은 하얀 고봉밥을 닮아갔다
그게 궁금했다
나는 물음표처럼 서서 담장 너머 보았다
수평선에 아침 해를 갈 듯
쓱싹 쓱싹 황새낫을 갈고 있었다
뉘엿뉘엿 들에서 돌아와선
지평선에 저녁해를 갈 듯 또 낫을 갈고 있었다
철식이네 아버지가
숫돌 위에 방울방울 타는 건
물이 아닌 그의 몸속에서 꺼낸 구슬땀이었다
쓱싹 쓱싹
어둠 속에서 빛을 캐는 집
철식이네 낮 마당은 소금밭 밤 마당은 별밭이었다

아기꽃상추 스승

팔순 시인이 아기꽃상추를 따오셨다
둘 다 아침이슬을 입었다
늙어도 영원한 아기 웃음
오늘도 한 바구니 뻘뻘
내 사막의 일터에 다녀가시는 소금 소나기
상습적이다

퇴근 후
한 주먹 꽃상추 스승을 싸 먹는다
한 방울 애간장을 타서 먹는다
씹지 않아도 사르르 사르르르
오만 담석 소화불량은 녹아나
난 꽃잠에 취한 아기꽃사슴

무릎 꿇고 다랑논 깔 베던 옛 장인님 땀 맛이 이제사 돈다
소년이 따온 보드란 아카시아잎을
두 손 들어 받쳐 먹던 옛 집토끼 심정을 알겠다
그도 꽃잠 많은 상습범이었다

네 발 시인

우연히 들개가 지나갔어
마냥 꼬리치는 동네 개는 아니야
네 발 달린 탁발승 같았어
소나기 속에서 눈보라 속에서
흠뻑 나타난 뜨거운 경악이었어

낯섦과 낯익은 미심한 눈초리를
긴장과 연민의 조마조마한 거리를
들숨과 날숨의 허기진 여백을

그땐 왜 몰라봤을까
소년의 돌멩이에 쫓기던 그 들개를
따뜻한 왕국을 버린 시의 붓다를

지금쯤 어느 취한 도시의 골목을 순례할까
먼 산자락서
감자 고랑을 뒤엎는 멧돼지가 아니라
콩 순을 따먹는 천연 사슴이 아니라
사람에게 마음이 부러져도

다시 사람 주위로 절룩이는 그 들개

넌 집 나가 봤니 일명 미지의 보따리라고
오 내 거울 속엔 애완견 냄새가 아른거려
비단 목줄을 끊지 못한 채
황금의 뒤가 마려운 채
아직도 딸랑딸랑 방울 소리가 풍겨

이제는 던져버릴 거야
삼시 세끼 그 고마운 개뼈다귀 주인을
침대를 내리는 들개가 되어
어둠을 가르는 번개가 되어
으르릉 푸른 천둥으로 울고 싶어라
가로등 없는 골목을 위하여
컹컹 구름에 잠든 달을 깨우고 싶어라

사랑은 계수나무

가문 날에도 계수나무는 물이 오른다
봄바람 없어도 팔랑이는 초록 하트 잎
그대여
사랑이 떨어져 어지러우면
계수나무 아래 들라
온몸에 내리는 보랏빛 사탕수수 향
미움도 쓸쓸함도 다 녹는다
공연히 젊은 연인으로 다시 부푼다
그대 몸이 한 그루 솜사탕 되어
또 하루를 달콤 달콤 걸어간다

모과나무 집

참새처럼 소란 소란 밥 짓는
당신의 새벽 부엌을 안아주고 싶다

강아지처럼 파란 대문 먼저 나서는
아이들의 아침 들길을 다독이고 싶다

울퉁불퉁 바람의 가지에도
한 주먹 두 주먹 부푸는 온후한 향기

오늘도 진득한 모과 가족들
검은 멍에도 밝은 얼굴로 감싸돌아라

죽녹원에서

대나무는 자기를 비우며
충충
푸른 그리움을 쌓고 있었다
이리저리
푸른 아코디언처럼 몸을 비틀며
바람의 노래를 타고 있었다
내 마음도 대숲에 들어
임금님 귀는 당나귀 귀
임금님 귀는 당나귀 귀
털지 못한 고백을 부르고 싶다
때론 사랑의 가짜뉴스를
흘리는 서동왕자가 되고 싶다
죽녹원에 들면
죽도록
그대가 왜 장대비로 빗발치는지
내가 왜 파랑새로 젖어 우는지
마디마디 뼈저리게 알 수 있다

문진 文鎭

폐허의 선물이 왔다
결딴난 크리스털 상패 하나
이름도 몸통도 없다
납작납작 참혹한 밑돌 하나
그 어르신은
왜 자기를 동강동강 불살랐을까
탯줄부터 쌓아온 선망의 탑을
숙제 같은
그 마음 지그시 무거워라
억겁의 검은 회오리에도 끄떡없는
천년 미륵사지 투명한 주춧돌 하나

시 창작 교실 열리다

누구신가요
상상의 꽃문을 두드리는 그이는

처음 보아도 낯익은 가슴이여
태양의 화살로 핀 해바라기여
그 황금 미소 속에 검은 고독 첩첩 태웠어라

그건 시인의 불씨
얼룩진 눈물들의 화석

톡톡 깨 봐요
겨울새 요모조모 영혼의 씨를 까먹듯
역설과 상징의 부리로
내 안의 나를
잠자는 천기누설 우주의 알들을

굴뚝같은 어머니

한겨울 새벽마다 발끝에 오는 사랑
장닭보다 온기로 먼저 깨우는 어머니
가난한 군불로 식어가던 꿈나라를
지피고 지펴주신 어머니 불꽃
아궁이 향기를 달고 사는
오늘도 굴뚝같은 구순 내 어머니

퇴근길 거리마다 깜박거리는 사랑
그믐날도 보름달로 떠오르는 어머니
사람이 먼저라고 무거운 내 어깨를
다독이고 다독이신 어머니 노래
아가페 향기를 품고 사는
오늘도 쉴드 치는 꿈속 내 어머니

밀화부리가 다녀간 이유

너 우아한 검은 저승새여
너의 먹이는 투명한 겨울 햇살과 달빛
쪼고 또 쪼며 수만 리 하늘을 날아왔다
그리하여 황금부리새 금강처럼 단단해라

너의 표적은 병든 나목
봄을 모르는 살찐 씨앗들이거나
높다란 가지에만 매달린 텅 빈 족속들

너는
하늘이 내리는 주먹돌같이 저승새로 날아와
가지가지 외줄타기하며
속 썩은 솔방울방울방울을 까부순다
이내 박쥐같이 낭창낭창 매달려
날개를 모르는 단풍씨단풍씨를 단박에 까부순다

부럼 깨는 사자후 소리가
라이터돌 깨 먹는 우렛소리가
산산이 부서지며 파르르르

떨며 추락하는 저 뻔뻔한 철옹성들의 백기 투항

드디어 병든 나목마다
새살은 차올라 잎눈은 떠올라 꽃눈은 피어올라

너
우아한 금강새는 다시
투명한 햇살로 제 부리를 갈며 갈며 먼 하늘로 사라진다
봄을 거부하는 또 다른 겨울왕국을 찾아간다

김장은 철들게 한다

어머니의 허리가 보이기 시작한다
스스로 김장 나이가 차다 보니
내 허리가 엄살처럼 끊어진다

제사처럼 수능시험처럼 돌아오는 김장철
내 눈에 보이지 않던 어머니의 허리를
이제사 내 허리가 보고 있다

내일 늦은 아침엔
금빛 작은 보자기에
몇 장의 파스도 싸서 고향에 가야지

어둠 속에서 또
숨죽어가는 배춧잎 소리가 들려온다
아내의 고단한 잠소리
친정의 허리를 잃어버린 아내가
내 마음을 또 밤새 맵게 한다

비포장

풀벌레길 흙길을 잃어버렸네
아스팔트 터널로만 쉼 없이 달려왔네
첩첩 내 몸은 기름진 포장
귓가엔 로드킬 신음
얼마를 달려야 제비꽃 그 길을 만나나
올가을엔
마타리꽃 길 따라 달리고 싶다
자전거 타고 가는 막걸리가 되고 싶다
나이롱 옷 홀라당 벗고
쑥구덩이 그 길을 구르고 싶다
어디서 자갈자갈 모여 있을
뿌연 청춘의 술잔들을 만나고 싶다
밤새 풀벌레 소리를 토하고 싶다

폭포 심경

폭포는 씨줄을 모른다

날실이 날실이 허공을 뛰어내린다

너는 날개 없는 무명새

끝없이 높이를 거부하며 어제의 이름을 던진다

쉼표도 가감도 없이

스스로 내리는 저 하얀 파산선고

보라

저 주검에서

오르는 무량한 은빛 사리 떼를

수심 속 소용돌이치는 검푸른 혼돈을

고요히 고요히 무심의 잉태를 기다려

청룡흑룡은 한 마리 흰 구름으로 우화할 터

폭포여

그 폭포를 버리고

산 돌아 들 돌아 바다로 가는 폭포여

아슬한 하얀 이소離巢새여

넌 둥지를 몰라라

부서질지언정 죽음의 턱에서도 얼지 않아라

폭포

쉼 없는 하얀 숨소리여

미련 없는 하얀 지우개여

일말의 노을도 없어라

한 줄의 저녁 일기장도 없어라

한 점 푸른 이끼도 없어라

오직 한 생애를 허공에 새길 뿐

넌 무늬를 모르는 무심한 폭포 심경인 것이다

제2부

막걸리길

한여름

알딸딸한 심부름길 또 있을까

나보다 큰 대병유리

공손히 두 손 받쳐 막걸리 받으러 간다

아짐

반 되만 주세요

어두운 땅속 그 술독에 들어가는

닳고 닳은 오동나무 반 됫박이

아버지의 강물을 철철 길어 올린다

수심 속에서 낭만이 살짝 흐르는 향기였다

아버지의 강물이 출렁거리면

내 몸도 덩달아 춤추며 오는 길

에라이 한 모금

고독의 아버지를 마시던 길

한 마리 술 먹은 나비길

뱅뱅 돌아 누워버리던 풍뎅이길

양떼구름 타고 오던 하늘길

위태위태 기분 좋은 아버지의 비포장길

은사님과 소바를 마시며

그이의 가슴엔 센강이 흐른다

그이의 발그림자는 사랑의 미라보다리

만인의 사랑 다리

매미울음이 미루나무 끝에 걸린 그날

소바를 좋아하는 은사님이 후르르 오셨다

난 얼키설키 매운 비빔국수 썪어 먹고

은사님은 술술 맑은 소바를 마신다

한 사리 더 드세요

오물오물 궁리하시더니

호호 그럴까

드시던 국물에

한 사리 더 넣으니 다시 한 그릇

덥석, 내 빈 그릇에 소바 사리 덜어주신다

옛 할머니나 어머니나

덥석, 묻지도 않고 번개처럼 덜어주시던

그 소나기 사랑을 술술 마신다

내 마음에

은전의 강물이 반짝반짝 흐른다

사랑의 센강도 함께 흐른다

사탄의 간언

― 기후 위기

스님들 그만 돌아가세요
여기 동안거 학교는 폐교예요 폐교
저 아래 성경학교도 겨울 홍수로 기울어 종 치고 있잖아요

사실 난 기어다니는 지구의 온도계였어요
뱀띠가 아니라 창세기띠
수천 년 배밀이하며
이 땅의 체열을 온몸으로 필사했지요

옛 1도는 오르락내리락 수억 년을 살았지만
지금은 십 년도 못 가요
자꾸 화병 나는 세상으로
우리의 옷은 망사옷으로
점점 성글어 그 부끄러운 곳까지 가고 있어요
너무 부자여서 헐벗는 곳까지 가야 할지 몰라요

하느님, 당신의 안식일은 편하신가요
지구에는
25시 눈부신 편의점이 너무도 불편히 널려 있어요

25시 택배를 안방까지 나르는 비행기는 잔별보다 많구요
25시 검은 연기를 토하며 허파 하나로 살아가는 지구

우리들의 40억 년 독자, 단 하나 푸른 지구를
전자레인지처럼 빨리빨리 돌리는 자 누군가요
이제 사탄의 진범들을 낱낱이 밝혀주세요
들꽃들의 저녁을 짓밟고
일벌들의 허리를 조이고
공동 우물에 독 탄 자들은 누군가요
내가 수천 년 벗고 또 벗은 건
허물이 아니라 누명이었음을 이젠 아시겠나요

하느님, 우리는 모두 공범 맞지요
꽃들도 잠을 자야 꽃을 피우듯
이제 25시 불타는 빌딩에 잠을 주소서
펄펄 끓는 자식의 이마에 밤새 물수건을 갈아주듯
벌건 쇠구슬로 달리는 외로운 지구
그 이마 앞에 우리들이 나란히 줄 서게 하소서
저마다 한 장의 푸른 물수건을 들게 하소서

뒷산 졸참나무

졸지에 참한 사랑 얻었네
어느 가을
데구루루
내 길 앞에 운명처럼 나타나신 이
산골짝 산비탈 어델 가더라도
내 가슴의 산사태 먼저 막아주신 이
내 새끼손가락 한 마디 사랑아
순박한 그대를
똘똘한 그대를 눈에 넣고 말았네
어느 먼 훗날
외로운 잔칫상에 머물지라도
가장 먼저
내 입술에 떨며 오실 묵사발이여
세월이 갈수록
깊은 산 나무꾼으로 날 가꾸어주신 이
뒷산 내 한 줌 흙 내음 사랑이여

나목

나무는 가지마다 만남과 이별을 달고 산다
그래서 눈물샘은 마를 날 없는 거

나무는 다시 그 눈물샘마저 떨구어
비로소 나목의 옷을 입는 거

동안거 최후까지 딱따구리에 몸을 맡기는 나목
골수의 사유까지 집단무의식까지 콕콕 토한다

올해도 나목은 작은 새터를 수리했다

5월의 숲, 나무의 둥지 속을 들어보라
흰 멧새알 대여섯, 톡톡 세상을 타전하지 않는가

엄마의 고요로부터 나온 아이야
너도 나목으로 태어났다
우리들은 모두 나목의 뿌리가 있다

노랑할미새

물가에 애기똥풀 배앓이하면
할미새 끄덕끄덕 여울에 운다네
무릎에 새끼 손주 똥방뎅이 키워서
가슴에 손주 똥물 물들어 산다네
할미새 긴 꼬리 노랑할미새
할비새 앞산 묻고 할미새 담배 묵고
나는 긴 꼬리 할미 타고 고향 떠났네
그래서 도시에도 할미새 산다네
단정한 매무새 가난한 할미새
콩나물처럼 구구단처럼 나는 자라고
엄마처럼 아빠처럼 할미새 울었네
할미새 긴 꼬리 노랑할미새
애기똥풀 군대 가고 고향에 왔다네
할미새 끄덕끄덕 밤새 운다네
지금도 먹이 물고 꿈속에 운다네

온난화 2

북극 빙하 쩍 금가는 소리
지구 위 어금니 깨지는 소리

남극 빙하 폭삭 무너지는 소리
아래 어금니 흔들리는 소리

지구의 잇몸이 사르르 내려앉고 있다
우리 아이들의 아이스크림 알프스 몽블랑이
우리 아이들의 꿈 히말라야 에베레스트가

내 안의 숨은 욕망들아
평화 속에 총구 속에 숨은 위정자들아
바로 코앞에
검은 쓰나미가 멍석처럼 몰려오고 있다

호반새

호르르 호르르르
보았다 귀로만 볼 수 있는 불새를
눈 감고도 가는 동네 개울가, 벌떡 쌍불을 켰다

낯선 불덩이새 한 마리, 용광로에서 막 태어난 듯
저 은사시나무 가지에 금붕어새
부리는 긴 장총 같아 빨간 피노키오새

눈으론 믿기지 않는 풍경이
저 붉은 경악이
내 잿빛 가슴에 불씨를 당긴다
내 흐릿한 안개 눈을 불사른다

수만 리 바다 건너 이역 하늘을
태양에 절어 별빛에 절어
내 메마른 일상을 태워버린 방화새야
온몸이 뜨거워 심심산천에 사는가
넌 다시 눈 깜박일 새, 호수를 질러
깊은 숲으로 사라진다 호르르 호르르르…

데미샘

산 가슴팍 데미샘*을 아시나
돌 틈 돌 틈 속
옹알이하는 섬진강 젖 몽우리를

데미샘 가 고로쇠나무를 아시나
어머니의 초유를 마시며
영혼을 길어 올리는 한 그루 수녀를

불야성에 취한 네온사인 나비야
모래성을 쌓는 강 하류 인생아

언제든 오시라
흰 수선화 피어오르는 데미샘으로
두 손 모아
높은 기도의 샘물 드리마
탈 없이
뼛속 깊이 내리는 천상의 물을

* 데미샘: 섬진강 발원지(진안군 백운면).

시인의 아버지

참나무 마루 끝에서 나는 자랐어요
당신이 품은 세상 연기 한 모금씩 마시고
난초 입술에서 품어주신 ㄱ ㄴ ㄷ 받아먹고
엄지 검지로 1 2 3 수판알도 튕겨주시던 아버지
회초리에 그 호롱불은 얼마나 바르르 떨었나요

섬진강 노을이 부르면
들길 따라 누렁이 따라 꼬마 낚싯대도 따르고
겨울 하늘엔 방패연 멀리멀리 풀어 주셨지요
그때 난
바람을 타는 요령과 꿈, 기쁨과 이별
희망과 포기 돌아옴을 배웠지요
언젠가 우리 집 예쁜 처녀 돼지
궁둥이 토닥이며 윗동네 혼행 갔다 온 길
아직 어리다기에 퇴짜 맞은 길
다행인지 부끄럼인지 모르던 그 유년의 길

봄은 멀어도
한 그루 어린 매화로 입춘대길을 심던 아버지

막내 삼촌 장가간 날은

얼마나 배꽃 따라 하롱하롱 춤추셨던가요

당신의 으악새 슬픈 노래로

나는 새처럼 얼마나 울고 또 속았던가요

내 유년에 최초 술 따라 주신 이여

포도나무 아래 막걸리 반 잔 공손히 따라주시고

냉큼 일어나 왕포도 안주 푹 따 입에 밀어주시던 아버지

지금도 한 번씩 내 입술을 깨무는 건

알알이 당신을 오물거리다 울컥 생각나기 때문이지요

아버지

정원수

바람의 원시인은 볍씨를 뿌리면서
비로소 초가집 짓고 너를 데려왔다
들에 산에 바람에 살던 너
이젠 작은 마당에 맞춰 살아야 할 너
싹둑
웃자란 푸른 우듬지를 먼저 자른다
삐딱한 시선과 고개 숙인 우울
제 몸통을 찌르는 창을 쳐낸다
너무도 다정하여 서로 몸 비비는
그 미련의 가지마저 떼놓으면
너는 막 미용실을 나오는 순한 고양이
그래도 밤이면 주인 몰래
올올히
불멸의 수염을 허공에 삐치는 너
한 개 잘리면 두 개의 촉을 피우는 너
발등을 찍는 뿌리돌림까지 자청하며
이 담 저 담
월담을 엿보는 한 그루 고독한 군자가 된다

감나무 형님

앞마당 누이의 꽃밭도 좋지만

내 뒤안에 한 그루 감나무 산다네

내가 울며불며 세상 나올 때

한 이불 속에서 날 처음으로 기다리던 이

어머니 젖도 봄날 방죽만큼 남겨주었네

어느 겨울

부모를 떠나온 길

어린 형 따라 철길 달려 터널 지나

어느 쌀쌀한 회색 도시에서도

형은 남쪽의 감나무로 품어 주었네

지금도 내 가까이

홍시 등 켜고 우리집 창까지 비추어 주는 집

점점 더 감 노을로 빠져드는 타향 속 고향 집

아침마다 시골 노모께 감꽃 소식 묻고

여섯 줄 육 남매, 부모님의 기타를 늘 조율하는

오늘도 무성한 감잎 달고 내 발 소릴 기다리는

내 뒤안의 유일한 감나무 형님

상수리나무 화장대

반달이

앞산 마루에 떴다

그이에게 보낸 화장대 선물

이 세상 단 하나 짜 드린 수제품

갓 떨어져 뒹구는 도토리 살결이라서

하늘이 툭 함께 내려준 도토리 만남이라서

묵묵히 참다 참다 내 안방에도 울컥 또 하나 들였다

그 무늬야 각자의 손금처럼 다르겠지만 자다가도

들여다보는 반달 거울 속 그 속에 내 얼굴이야

없지만 그이는 미소로 서 있지 난 아침마다

한 방울 그이를 바르며 함께 외출도

하지 언제나 밑 화장 같은 사람

저녁엔 지워야 할

그 사람

앞산 마루 반달이 사라져가도 내 방은 뜬다네

밤마다 거울 속에서 걸어 나와 자는 날 본다네

내 울면 따라 우는 반달 거울이 내 방에 산다네

플라스틱 사피엔스

― 온난화

플라스틱을 파종한다

검은 비닐로 푸른 지구를 멀칭하며

해마다 대풍년일세

일주일에 한 장씩 우린

0.5g의 신용카드를 마신다

입으로 코로 자동이체로

월말 적금처럼 붓는 신용카드

네 자리 유효기간이 웃으며 다가오고 있다

갱신을 또 장담하며

제3부

젊은 시인의 무덤

시의 마침표처럼
내 죽어 그 늙은 시인의 곁에 잠들 수 있을까
시는 선산의 소나무보다 향기로운가

빗속에 그 오랜 시인이
시 뭉치 하나 놓고 낙화 속으로 사라졌다
무슨 맛인가 유서 한 잎 띄워 겨울바람에 보내란다
글 빚을 갚으란다

한 다발
꽃망울 망울이 우주의 모래알들이
시한폭탄처럼 재깍재깍 내 몸을 파고들었다
내가 품는가 나를 품는가

난 배추애벌레
행간 행간 그의 온몸을 더듬거리며 기어간다
기대어 졸다가 자다 일어나 사각사각 갉아먹으며 간다
다시 팽팽한 그 시의 밧줄에 올라
방방 춤추다 튀어오르다

무심으로 추락하는 나는야 초록배추애벌레

글보다 나를 위로하듯
그 늙은 시인은 시인의 명당
당신의 시집 속에 나를 고이 묻어 주시다

그 겨울의 화개

꽁꽁 잠든 내 안에 꽃이 열려요

난 시오리 화갯골 소녀였나 봐
그댄 오백 리 섬진강 노매老梅였나 봐

어쩌자고 등골 시린 향길 만나
한 다발 생강꽃으로 알싸히 풀어지는가

봄은 멀어도 꽃눈과 꽃눈이
밤새 번개 치던 그 겨울밤 화개

이젠 십 리도 못 남을 강물인데
봄을 당겨써 버린 그 겨울밤 화개
언제나 하룻밤 봄날이 모자란 우리들 사랑

유작시

시를 배우면서
나는 진실한 사이비 교주에 빠져들고 있다
시를 모시면서 자동으로 새벽 신자가 된다
작은 모과 등불을 켜고
소슬한 책상 앞에 고요히 눈 감으면
슬며시 내게로 내리시는
한 장의 동그란 백지수표
지친 새벽달 같아
어둠이란 어둠 다 둘러보고 오신 이
그달 마음을 유심히 바라보면
신비하게 떠오르는 세상 마음
그달 마음 따라 무심한 연필이 붓질하다 보면
희미한 시 한 줄
그런데, 깊디깊은 그달 속까진 볼 수 없어
나는 끙끙 개처럼 몸살을 앓기 시작한다
몇 날 며칠 오독하며 끼적이다 부끄러워
깊은 서랍에 넣어둔다
대부분 나의 시가
영원히 불안정한 안식에 들고 있는 중이다

제주도에 늦었지만

— 4·3 평화공원에서

한라산은 이 땅의 뿌리를 알고 있다

백록담 물맛이 백두산 천지연 물맛과 같다는 것을

오늘은 남 구름이 한 바가지 물 길어가고

내일은 북 구름도 물 길어와

서로의 가문 물동이를 연년이 채워주며 산다는 것을

우리는 한 뿌리야 제주는 믿고 살았지

보릿고개야 천년만년을 넘었어도

해방 후 분단 고개야 차마 눈감을 줄 몰랐어라

우뚝 한라산 깃발 아래 용암처럼 통일을 외쳤어라

육지보다 붉은 피가 돌아

광장에서 검은 총구 끝에서 수십만 동백꽃은 피어올랐다

이념에 쫓겨 산간으로 활화산으로 사슴의 무리도 쫓겨

죽어서도 껴안은 동굴 속 흰 늑골들 피멍 든 손톱 갈퀴들

그날부터 백록담은 하늘샘 비우고 눈물샘 된 거란다

골짝 골짝 흰 넋을 길어 산 까마귀 울음까지 길어

한라산 구름은 성자처럼 지금도 백록담을 오르는 거란다

아방 하르방 사라져 마을도 사라져 올레올레 젖은 수국꽃

구르고 싶어도 죽고 싶어도 올레올레 찾아올까
파란 여승처럼 살다 노을빛 색시로 지는 올레올레 수국꽃

제주도에 늦었지만 오길 잘했다
한여름 불볕에도 서릿발 내리는 4·3 평화공원
소리 없는 저승의 함성조차 방탄 유리함에 갇힌 평화공원
치 떨리는 꽃잎의 역사 앞에서
나는 하얀 손 없어 분향 없이 고개만 떨군다
나는 바다 건너 불구경꾼 관광객이었음을 고백한다

보트피플처럼 빠져나오신 옛 제주도 장인님이 떠올랐다
작은 돌고래 같던 몽글몽글 돌멩이 같던
내 장인의 청춘이 유기견처럼 떠돌고 있을 조천 마을
내 아내가 한 송이 섬 색시였구나 탐라 수국꽃이었구나
내 자식들도 동백꽃 피가 돌겠구나 오직 나만 없는…

별안간 한 조각 구름이
내 눈물샘을 훔치고 한라산 백록담으로 총총 사라진다
제주도에 늦었지만 한 방울 죄가 가벼워졌다

씀바귀꽃이야

보고플 때 길모퉁이로 간다
날 기다리는 연노란 미소야
아리잠직 씀바귀꽃이야

먹구름 불면 산모퉁이로 간다
내가 소낙비로 달려가도
금세 날 무지개로 띄우는 씀바귀꽃이야

소녀야 난 너를 기억해
푸른 솔잎 머리핀 한 잎이
너의 단발머리를 깨물면
금세 넌 훤한 아기 달덩어리

지금도 꽃밭에 살지 않아
길모퉁이 씀바귀꽃, 난 울어도 넌 울지 않아
어딘가 쓰디쓴 비련 하나 꼭꼭 숨겨놓았을

어느새 가을 간이역에 도착한
내 씀바귀꽃 막내 누나야

놀자 친구네 집

산촌 마을 호숫가
하얀 배 한 척
대홍수에 오른 노아의 방주 같은
안개라도 내리면 유유히 떠나가는 배

놀자 친구여, 노는 줄만 알았더니
도시를 버리고 새 둥지 틀었구나
남몰래 살구씨 모란씨 물어가더니
백수 노모로 울타리도 심었구나

산밭엔
노루 가족 다녀갈 세 이랑 콩밭도 갈고
이슬로 단정한 쑥대밭도 기르는
벌써 그대의 마당은
봄까치 민들레 제비꽃 풀벌레 자리

놀자여, 먹물은 말라비틀어져도
얼쑤 북 치고 절씨구 소리 잘한다
귀촉도 날갯죽지를 몰래 키워간다

바람의 씨앗들

먼먼 할아버지는
박연폭포 아래 소리꾼으로 살다가
역성의 칼춤에 선죽교 지나 한강 건너
남으로 남으로 단풍 따라
섬진강 따라 구례로 내렸다지요

나의 장인님은
제주도 순한 돌고래처럼 살다가
이념의 총소리에
북으로 북으로 동백꽃 따라
바다 건너 오동도 순천 구례로 올랐다지요

목선 끝에 매달려 칠흑의 바다를 건너듯
우리는 실낱같은 바람이 맺어준 씨앗들
그래서 우리의 뿌리는 시퍼런 바람인 거야

또 먼먼 우리의 자식들은
어느 바람을 탈 민들레 홀씨가 될까

섬돌 형님

앞에서 늘 손 내밀어 준
한 그루 지리산 주목이었음을

올라 보니 그대 없고 가을 산만 …
우리는 이슬 먹은 금강보석 층층 밟고 왔어라

닳아 사라질지언정 슬픔을 받치는 그대 있어
우리들 청춘의 제단에
촛불 켜고 어둠의 풀꽃에 눈물도 주었어라

감사해요
그대 돌 틈 속 가을풀벌레 되어
밤 깊을수록 함께 노래했음을
어제도 내일도

본다

다리 아픈 스승님은 시는 쓰지 않고
새벽마다 호미 들고 주말농장엘 가신다
밭에 가 보면 일이 천지야, 득득 말씀하신다

살림하는 아내도, 눈만 뜨면 일이야
한숨 쉬다가 한 오라기 햇살로 양말을 꿰맨다
속옷이며 행주 수건도 매 삶는다

나는 화장실 타일 바닥이라도 청소하려다
슬그머니 방에 들어 쓰다 만 시밭을 뚫어지게 본다
시작 노트에서 컴퓨터 모니터 속에서
무척 낯익은 잡초들이 쑥대머리만 부르고 있었다

한숨 쉬다가 창밖의 겨울비를 보는데
한 마리 검은 고양이가
툭 쓰러져버린 흰동백꽃을 지그시 바라보고 있다

자꾸 바라본다는 것
세상 한 곳에 풍경이 되는 일이었다

능제를 만나

능제*는

아흔아홉 귀를 달고 산다

부처님보다 큰 귀 많은 귀

이무기도 능제를 닮아간다

입이 걸쭉한 배스도

하루 세 번 합장으로 교란죄를 씻는다

천수천안능제보살

천수천안능제보살

천수천안능제보살

뿔뿔이 날아든 철새들도

능제 삼매에 빠지면

함께 올라 V 편대로 더 멀리 날아간다

귀빠진 모든 울음들을 위해

능제는 늘 염화미소로 기다린다

* 김제시 만경에 있는 저수지.

붕어섬

어서 오세요
작년보다 한 뼘 더 차올랐을 뿐
한 마리 참붕어를 떡 낳았어요
수천수만 유리알도 태어났어요
호수는 그믐밤도 윤슬로 반짝인대요

당신도
어제보다 한 뼘 더 출렁거려 보세요
호수는 온통 퍼지는
동그라미 양파 한 조각
천상의 하늘까지도 찔끔 울려준대요

아름다운 작별

아파트 폐자전거

굴비 두름처럼 동아줄로 묶여 있다

내일이면 고물 트럭 타고 낙엽 따라가겠지

작은 바퀴 큰 바퀴

한 생애가 고개고개 굴러왔을 터

짧은 생애가 강물 따라 돌아왔을 터

반질반질 닳아 있는 땀 흘린 바퀴

바큇살 부러져도 동그란 바퀴

별안간

바람이 분다, 한 대가 쓰러지면서

따르릉

한 마디 운다

못다 한 일 가야 할 일 있다고

유언처럼 실존처럼 운다

지켜보던, 한 그루 금목서가

서둘러 황금의 꽃가루를 밤새 토한다

가장 눈부신 향기로

몸을 씻어 드리고 허공에 보공을 채워 드린다

가는 길 위에 고이 황금주단을 깔아드린다

코로나 신화

세이레 세이레 세이레는 멀었는가
이미 동굴 밖으로 뛰쳐나간 호랑이
그 속을 알겠어
다행히 곰 같은 그녀가
끼니마다 마늘을 다져 쑥국 끓여준다
백일 밤을 채찍비 맞은 직소폭포를
콸콸 뛰쳐나가고 싶은 하얀 성미를
차곡차곡 검은 마스크로 잠가둔다
늦봄 산촌마을 저수지도 겨우내
깊은 산사를 내린 도랑물을 찰랑찰랑 어르고 있다
툭 하면 마른하늘에
변죽을 울리던 하늘도 구름을 삭히고
프로야구 돔구장도 학교도 꽃망울도 웅크리고 있다
지구는 이미 만삭의 짐승, 캄캄한 우리에 묻혀
지금은
엉킨 욕망의 지푸라기를 되새길 때
새로운 분만의 수평선을 그려야 할 때
세이레 세이레 세이레가 동굴 속에서 발광하고 있다

제4부

아름다운 폐업

도마 소리가 멈췄다
작은 앉은뱅이저울도 섰다
친정어머니의 장맛으로 버티던 그녀의 맛집
그녀는 정년을 앞당겨 썼다

불 꺼진 주방엔
뜨거운 입김의 압력밥솥과
지지고 뒤집던 부침의 프라이팬들
연잎밥에 핀 진흙의 향기들이
그녀의 유물처럼 모여 있다

그녀의 손은 예뻤다
가을비 맞은 단풍잎 두 손
벌겋게 부르튼 예쁜 손

그녀의 미소는 향기로웠다
옷 벗은 한 접시 흰 더덕
언제나 가족을 기다리듯
따뜻한 밥과 새 나물을 무쳐 기다렸다

늦가을, 그녀는 훌훌 떠나고

그 작은 마당엔 황금의 모과가 찢어지게 열리고 있었다

향기로운 명예퇴직금을 보았다

며칠 후

그 모과나무 한 주도

앉은뱅이저울처럼 훌훌 공으로 섰다

귀촌 친구네

산골짝 도랑물 유리 창가에
반듯한 돌배나무 한 주와
야들야들한 물푸레가 손잡고 산다
인정은 말 없는 도라지 같아라
이마는 우듬지 하늘 같아라
새벽 마당마다 하루를 가는 숫돌 소리
그 틈으로 휘파람새
한 방울 서너 방울 추임새를 떨군다
바람 불면 팔베개 서로 내어주고
한여름엔 잎새 그늘 충충 달래주는
먹 같은 친구
연적 같은 아내가 사는
세상은 백날 가물어도
는개는 늘 내려 주름을 모르는 그 집
천리를 달려 헤매고도 다시 십 리 산골짝 물을
세숫물 갈 듯 세숫물 갈 듯 오르는 그 집
우체통도 오르지 못하는 조찰한 그 길을
오늘도 열목어 떼
쌍무지개로 숨차게 숨차게 날아오른다

아주머니는 시인이다

삼거리집 그 홀아비네 살구는 유명했다
천도복숭아라 부를 정도니
소문은 달콤했다
동네방네 개들도 한 번씩은 죄다 주워 먹었다

소녀들이 깔깔 미소를 흘리고 가면
살구나무도 덩달아 연분홍 꽃 피우고
행인들 웅성웅성 입맛 다시면
살구는 하나둘 이팔청춘 등불을 켜기 시작했다

그 집 살구 터는 날은 남들이 더 잘 안다
그날도 홀아비 사다리 타는 날

떨어져 금 간 살구라도
할머니 할아버지들은 죄인처럼 주워 가지만
한 아주머니, 능청스레 다가와

아저씨
살구나무 아래 서면 가슴이 자꾸 떨려서요

경칩

똑똑
시인의 학교 문 열린다
이미 만삭의 꽃눈으로 인사한다

한 그루 한 그루 고독의 꽃모종들
저마다 꺼내는
예리한 몽당연필과 삭은 가슴의 노트

붉은 입술을 내미는 흰 동백같이
얼음 천장을 깨부수는 여린 수선화같이

금세라도
은유의 교실을 흔드는 역설의 진동이야
모락모락
대지의 고백을 지피는 침묵의 화약고야

0순위 리모델링

한겨울, 산모와 그 품속 갓난아이가
계단을 타고 오르자
그 노후 아파트는 웃는 꽃병이 되었다
밤낮을 바꾸며 그 아파트는 옹알이를 해댔다

북극성도 남십자성도 저마다
별 무리 꽃다발을 데리고 왔다

하느님도 보기 좋았던 지라
함박눈 새근새근 내려주시고
평생 학교 장학금 증서까지 보내주셨다
부처님은 대웅전 집 한 채를 통째 이고 오셨다

주민들도 애완견들도
백일까지는 층층 뒤꿈치를 들고 다녔다
정문 앞, 팔 부러진 소나무 두 어르신도
애기똥풀 색 현수막을 두 손 높이 펼쳤다
우리 아파트에 국보가 오셨습니다

다낭보살의 호리병

— 베트남 다낭 영흥사에서

그대 새끼손가락 찍어
다낭의 검푸른 바닷물을 맛보았는가
하와이보다 동해보다 시리디시린 다낭

저 아스라한 벼랑 끝
미케비치 해변과 남중국해를 바라보는 해수관음 다낭보살
49층 시멘트 몸에 안개 옷 입으신

하마터면 자유의여신상이라 박수 칠 뻔했다
문득 키가 비슷한 부처님도 떠올랐다
눈부신 금동 옷에 빨간 립스틱
왼손은 황금손
옆구리 아래로 손바닥을 내미는 법주사 부처님

그런데 이 수녀 같은 다낭보살은
왼손엔 하얀 호리병 하나
가슴 위로 고이 받쳐 들었다
눈시울은 붉은 노을꽃
흥건히 피고 있었다

나는 바닷가 새벽안개 속에 보았다
허리 숙인 다낭보살 뒷모습을
남몰래 호리병을 비우고 있었다
바다로 바다로 피눈물을 쏟고 있었다
옛 수장된 보트피플의 눈물일까
수십만 다낭 부지런한 오토바이들의 눈물일까

왜 처처보살인가, 알 것 같았다

다낭보살이시여
하루에도 천 번 만 번 꿈꾸신가요
바다 멀리 던지고 싶은 호리병의 꿈을
그러나 내일은 더 큰 호리병
오른손도 받쳐야 할지 몰라요
지금도 지구촌 곳곳 포탄 축제는 폐막을 몰라요
예수님의 고향 가자지구에서
해바라기 평원 우크라이나에서
처처눈물들이 그대를 뚝뚝 기다리고 있지 않은가요

새

나 삼겹으로 밤새 배를 채우는 동안

넌 바람 마시며 하늘을 얻었구나

내 머릿속이 텅텅 비는 동안

넌 몸통을 텅텅 비웠구나

내 다리는 젖은 통나무

네 다리는 영혼의 뼈

또 하나의 날개

누나는 신부스러워

오월 숲속은 신부대기실
골짝 골짝 하얀 미소가 물큰 흘러

아카시아꽃 큰누나
때죽꽃 작은누나
찔레꽃 막내 누나

하얀 분내 달달한 슬픔이 날 기다려
산은 늙어가도 누나는 늘 신부스러워

지금도 내 가는 모퉁이마다
동그란 꽃방석 놓고 가는 맨발의 드레스야
비구니 목탁 소리 똑똑 날리는 오월의 신부야

금목서꽃

넌 향기가 아니야
발끝에서 입술로 오르는 치밀한 향수야
꽃이란 꽃들 다 잠든 겨울 골목에서
공짜로 쏟아지는 금빛 호객 소리
넌 자칫 파경의 불로不老 향수야
텔레비전 속 금발의 여우주연상 같아서
엘리베이터에 홀린 여시 꼬리 같아서
한바탕 내 몸을
바람개비로 돌려놓고 홀연히 사라진다

庭園師 노재봉

농부의 삽처럼 살아온 그대는
작은 꽃삽으로 다시 태어났어라

사랑의 땀방울로 박토를 달래
지나는 자리 자리마다
무한꽃차례 피어났어라

오 꽃눈이란 꽃눈은
그대 참스런 눈빛을 타겠어라
나무란 나무들은 옹골찬 몸 빼박았어라

층층 밤의 창마다
꽃등으로 피어오르는 햇빛 찬 아파트

비바람 치는 오늘도
낡은 도시락에 아침햇살 싸 와선
한 평의 노을 꽃 심고 퇴근하는
칠순 휘파람새야

신의 목소리

고향 마을엔 점점
고양이들이 집성촌을 이루며 산다
몇몇 유모차 끄는 어머니들은 오히려 타성바지

고양이들은
돌담을 타며 개구멍에 익숙한 아이들이거나
오늘은 누구누구네 제삿날 생신날을 다 꿰차는 어머니다
그날은 기름진 꼬신내가 얼마나 골목골목 뛰어다녔던가

지난 주말은 제삿날
시골 노모랑 한 접시 굴비를 굽던 중
동네 고양이들이 물고기 떼처럼 마당에 몰려왔다
그들은 번갈아 거실 창 들여다보며 입맛을 다셨다
다행히 한 마디 울음은 없고
큰 수컷이며 암컷들도 대부분 얌전히 되돌아갔다

그 순간
진양조 한 가락이 현관문을 서럽게 두드린다
어리디어린 어미 한 마리가

완강히 내 눈을 맞추며 모성의 노랠 뽑는다

앙상한 새끼 한 마리를 뒤에 둔 채

어미의 배수진 곡조라니…

되레 한 발짝 다가서며 제 새끼만큼은 살려주시라는

애끊는 목소리라니…

아 저런 게

종교구나 신이 보낸 어머니의 목소리구나

난 울컥 하늘처럼 무너졌지만

새끼는 어미의 꼬랑지만 수줍게 물기만 한다

동그란 눈을 티 없이 굴리기만 한다

그 새끼 고양이 눈동자 속에는

젊은 엄마의 치맛자락에 한 아이가 숨어 있고

부침개 몇 장 엄마의 손이 걸어오고 있었다

대나무의 고백

미안해 꽃샘아
나 그때 뾰조록해서
어렸나 봐 한 마디 사랑을 몰랐어
그래도 넌

내 곁을 맴돌아
내 입술을 열어
내 갈빗대를 울려

나 그때부터
흔들리며 충충 고백을 키웠던 거야

이제 절절히 사랑할 거야
당신이 사나운 눈보라로 오더라도
그건 나의 하얀 면사포
우리 함께 행진 행진하는 거야

제5부

인구 감소

빈 둥지를 만났다
다복솔 나뭇가지를 솎다가 전지가위를 내렸다
작은 박새네 집
성스러웠다 풍경소리 들릴 듯
새들은 사랑하면 집을 먼저 짓는다
수컷은 마른풀 물어물어 나르고
암컷은 침샘 토해내어 풀배를 띄웠겠지
새들은 작은집 큰집 따로 없다
시골박새나 도시박새나 평수는 공깃밥 한 그릇
도시까치도 시골까치도 다 함께 양푼 한 그릇
해마다 금으로 변해가는 철근 걱정도 없다
열심히 사랑하고 구슬땀 흘리면
누구나 장만하는 둥지의 나라
숲과 숲속의 인정 속에서
새끼들은 자라고 함께 날갯짓 배우는 것이다
한 철 노래 부르다 빈 둥지 놓고 가는 것이다

내 마음속에도 그 겨울의 방이 있다
육 남매랑 콩나물시루랑 함께 크던 방

어머니가 자다가도 바싹 입 마르면
콩나물에 한 대접씩 골고루 물 주던 방
졸졸졸 콩나물이 막냇누이처럼 오줌 싸던 방
그 소리에 쑥쑥 우린 자라고 수탉이 울던 방

지금, 이 땅의 아파트들도
수백만 그루씩 자라고 자란다던데 남고 남는다던데
우리의 무궁화꽃들, 청춘들의 집은 꼭꼭 숨어 있다

사각 미러를 달아주며

가까스로 자식의 일터가 생기자
마땅히 자가용은 필수였다
새해 아침 중고차가 왔다
일곱 살 먹은 흰 당나귀
숨소리야 한계령 넘는 소리지만
두 눈에 백내장 기가 보였다
나는 곧장 사각 미러를 달아주었다
내 손거울만 한 사각 미러
어머니 정화수 비손하듯
운전대 옆에 조심조심 달아주었다

맑은 달덩어리 하나

보아도 보지 못하는 그 길이
작은 달 속에 있음을
자식에게는
차보다 큰 선물이길 기도했다

부모

등나무와 칡꽃

똑 닮았다

무성한 보라 꽃에 가슴 뭉클 향

서까래 삭아 무너져도

사랑의 기둥만은 칭칭 붙들어 온 생애

반 바가지 빗물이면 햇살로 한 바가지

진한 갈등 속에도 짱짱한 온기의 집

모태 신앙의 집

단 한 번이자 나의 최초 영구 무상의 집

개망초 박해

한때는 아메리카 신도시 꽃집의 꽃
본명은 핑크 플리베인, 세련도 해라
오래오래 사랑받다 주인의 눈빛이 시들어
스스로 유리문을 박차고 바람 타고 발굽 타고 온 밀항 꽃

장미와 튤립의 찬란한 감옥의 성을 거부하며
변방에 폐허에 무명의 무덤가에
희망처럼 성지처럼 찾아가는 하얀 순례단

때론 가난뱅이 풀로 망초대로
온 세상 주홍의 돌팔매란 돌팔매 다 거두어
박토마다 비탈마다 대속의 뿌리로 내렸어라
아직도 박해의 상처들 화전 난민의 향기들

바다로 갔으면 이랑이랑 물비늘꽃 피웠을 텐데
지옥으로 갔으면 천국의 구름꽃 피웠을 텐데

가장 막막한 곳에 어두운 곳에
먼저 달려와 내일을 춤추는 촛불꽃이여

우리들의 보릿고개도 구원한 풍년꽃이여

슬픈 유배라도 강제 이주라도

돌 틈마다 새 뿌리 내려 새 향기 피운 그곳이

세상의 성지임을 안다

우리들은 모두 귀화의 후예

나를 버리고 고향도 버리고

지금도 항구마다 하늘마다

또 다른 신화를 꿈꾸는 침묵의 하얀 실존들이 몰려오고

있다

공은 날아서 달이 된 친구에게

친구야
그때 넌 포지션을 거부한 18세 야생마
배롱꽃 함성 그 붉은 운동장을 기억하는가
우리의 만남은 성난 축구공으로 날아와
푸른 우정으로 골인되었음을

공 친구야
그 한여름 운동장은 식었어도
우리들 청춘의 눈망울은 지금도 구르고 있다
난 너의 고독과 신새벽을 배웠다
한 트럭 수박 통을 날리던 알바의 굵은 땀방울과
짬짬이 먼 바다를 비상하는 푸른 갈매기의 눈빛을

공 친구야
주먹을 불끈 쥐며 핏빛 자유를 부르던 광장
때론 사랑의 문전에서 날려버린 그 헛발질과
밤새 울던 그 갯바위 소주병들
노을이 아름다운 건 사랑의 상처들이
너무도 많이 떠돌기 때문이었어

한 곡 더 우리의 청춘을 불러본다
먼 파도에 실려 온 별빛의 여수 밤바다야
숫눈에 묻혀 눈덩이로 구르던 겨울 지리산아

지금도
먼바다를 날아간 공 친구야
그대 없어도 밤마다 포물선을 그리는
저 둥근 달은 바로 너 아니겠니
뜨거운 공은 날아서 달이 된 너
곧 내게로 돌아올 친구의 새로운 정년을 기다리고 있다

할아버지 할머니를 새집으로 모시며

청명 아침에 먹구름이 물러갑니다
산벚꽃이 하롱하롱 무덤가에 한지 자락을 폅니다

똑 똑 똑
무덤의 문을 둥근 삽으로 두드립니다
내 심장도 함께 두드립니다
할아버지 할머니 놀라지 마세요
오늘은 큰아들 기다리는 솔숲으로 이사 가는 날입니다

폴짝, 새끼 개구리
깊은 저승 속에서 먼저 나옵니다
저 투명한 핏빛 심장과 헐떡거림
죽음의 저승에서도 봄은 사는가 봅니다
다시 폴짝 한 발짝, 풀잎 이승으로 사라지자

하얀 촉루가 마디마디 올라옵니다
새끼발가락에서 싸늘한 이마까지
아기 칠성판에 다시 오르는 할아버지 할머니
오직 하얀 침묵만이 진실임을 가르쳐주십니다

순간

하얀 구슬이 내 손안에 구릅니다

불알보다 큰 할아버지 할머니의 고관절 공

저승에서도

수레바퀴 심보처럼 쌍두마차처럼

할아버지 할머니는 달리고 있었습니다

하얀 뼈 구슬이 흙가루 될 때까지

가족을 위해 반짝반짝 구르고 있었습니다

이제

저 하늘도 쿵 쿵, 이승의 문을 두드립니다

먹구름 속에서 번개꽃이 피어납니다

서둘러 새집으로 한 아름

하얀 진실을 보듬고 돌아옵니다

추석에 반달 송편 나눠 먹고

어머니 계시기에
보름달 돌아오듯 고향을 찾곤 했다
구름을 미끼로 오지 않을 때 더 많았다
추석 전야에 어머니랑 반달 송편 나눠 먹고
휠체어 밀고 다니는 동네 골목길
두 집 건너 한집 사는 희미한 불빛들
아이는커녕 늙은 기침 소리만 굳게 잠겼다
추석 전야에 내 마음속 반달 뜬다
앞으로 고향의 추석 달은 저 동산에 몇 번 떠오를까
집집 뒤안마다 검은 감나무들이 피식 웃는다
무너진 흙담도 서까래도 피식 웃으며
우리 적보 왔냐 한다
조만간 세 집 건너 네 집 건너갈 고향 마을
별안간, 녹슨 대문 아래 새끼 고양이들 우르르 나온다
반갑게 내게로 달려오다 멈칫 선다
허기보다 무서운 그리움들이 싸돌아다니며 밤새 운다
풀벌레 소리도 작은 도랑물에 실려 마을을 에돌아 운다
점점 고향 별자리 사위어가는 추석 전야
낯익은 나락들이 수런수런 풍년을 걱정하고 있었다

신형 냉장고

한여름에도 주방엔 꽃샘바람이 돈다

한 발짝 살금살금 올려보면

내 심장 위로 우수수

쏟아질 것 같은 얼음 여인

열대야 깊어갈수록

안방 몰래 너의 문을 한 뼘 열면

한 잔의 아포가토를 살며시 내어준다

내 입속에 사르르 녹아나지만

안방엔 들어올 수 없는 사각 여인

내 거실의 투명한 딴살림 여인

그래도 주말마다

안방은 한 바구니 시장을 본다

층층 배곯은 하얀 차도녀를 먹여 살린다

석정의 대숲

석정의 대숲은 바람의 언덕에 산다
먼 서해가 바라다보이는
대숲은 검푸른 파도를 응시하며 오늘의 바람을 읽는다
바람에 살고 바람을 거부하는 대숲
수평선 바람엔 덩실 어깨춤 추고
칼바람엔 한사코 한 마디 꺾이질 않는다

대숲은 어둠의 골짝에 모여 산다
인간의 털끝 하나 보이지 않는
대숲은 늘 푸르게 서서 멍든 짐승들을 품는다
오직 땅과 하늘만 보이는 대숲에서
그 상처들은 마디마디 어머니의 손길을 바른다

대숲의 푸른 눈물은
한라에서 백두 그 너머 아라사까지
우크라이나 대평원 해바라기까지 흐른다
경계도 없이 종점도 없이
푸르디푸른 억겁의 은하수까지 흐른다

석정의 대숲은 거리의 악사로 나온다

들숨 날숨으로 비둘기 광장을 연주한다

빈몸과 빈몸들 이리저리 비틀며

뿌리와 뿌리는 손 맞잡고 하늘 높이 행진한다

아무도 잠재우지 못할 절절한 석정의 대숲

그 대숲 발아랜 연년이 연년이

더 검푸른 죽순들이 총총 피어오르고 있다

크낙새 별 되신 이에게

— 김오성 조각가를 추모하며

덥나이다
차운 돌 쪼아대던 그 정 소리 멈추시니
그대의 불꽃은 적벽강 서해로 흐르고
변산은 폭포 하나를 잃었나이다

피가 돌아 주인 잃은 돌여인에 피가 돌아
피가 돌아 돌짐승 돌부처에 피가 돌아
내변산 크낙새도 크억크억 피가 돌아

한평생 별똥만 쪼아대시다
그 숨은 빛 따라 별로 가신 오성 조각가시여
이승서 사무친 정
홀연 내려놓고 오르신 하늘 그곳은 어떠하더이까
사람이 보고파서 전화 여쭈면
쪼던 정 끊는 정 다 잊어버리던
단단한 풀잎 목소리여
이제 저 하늘서 우릴 편히 보고 계시나이까

정을 잃어버려 저 크낙새 별 되신 이여

먹구름 속에서 천둥을 캐듯

그대가 차운 돌 속에서

생명을 캐고 영혼을 쪼던 소리, 그 소릴 먹고

우리는 오래된 유골처럼 야금야금 허기져 자랐나이다

그러나 그대 빈자리에 다가갈수록

우리는 살찐 돌 귀먹은 돌로 커져만 가나이다

크낙새 별이시여

세상은 잠들어도 호랑가시 붉은 감옥에 홀로 들어

정 끝 정 끝마다 혼불을 당기신 이여

억겁의 시공을 날아 침묵을 날아

이 산천에 구르는 무명한 돌들을

어둠에서 빛으로 숨으로 표현으로 꺼내주신 이여

그 표현마저 영혼의 돌꽃으로 피어주신 이여

피가 돌아 먹구름 속에서 더운 피가 돌아

피가 돌아 우리들 얼음 심장에 피가 돌아

달빛의 돌여인들이 한 걸음 두 걸음 걸어나가이다

이제 우리는 그대를 잃어버려 행복하나이다

하늘이 저 크낙새 별자리로 고이 모셔갔으니

우리는 그대를 잃어버려 그대를 찾았나이다

이승서 별 만나 별 마음 알게 되고

이승이 미완성 별나라임을 그대가 가르쳐 주었나이다

저 하늘 성좌 크낙새 별 되신 이여

이곳 금구원조각공원에도 가을이 내렸나이다

그대가 빚어주신 국화머리돌여인, 그 돌국 여인이

아침마다 황금의 언덕을 피어오르나이다

부디 그 돌국향 돌국향 영겁에 마시며 길이길이 평안하

소서

곧 쏟아질 함박눈은

하늘서 보내는 그대의 흰 조각 편지가 아니겠나이까

독사의 생존법

단풍이 꽃뱀의 얼굴이면
낙엽은 독사의 구원이다
단풍잎 한 장이 부고처럼 지상에 내리던 날

독사는 땅속에 들어
독 찬 세 치 혀를 접고 지그시 눈을 감는다
동그란 결가부좌로 지상 낙엽의 고해성사를 엿듣는다

나는 가장 화려한 화장발을 멈추고
스스로 연옥의 대지에 뛰어내렸나이다
검은 무서리시여 눈보라시여 칼바람이시여
여기 붉은 피와 살점을 뚝뚝 내려놓았나이다
바스라지게 뼈가 바스라지게 도로 내려놓았나이다

독사는 몰래 안수기도를 받은 기분이었다
그 낙엽의 풍장에 혀를 내두르며
자기도 칭칭 감아 먹은 것들을 도로 토해야만 했다
겨우내 허물 벗고
산골짝 물소리에 혀뿌리를 씻어야만 했다

누이의 노래

막내야
엄마가 생각나면
매미 떼 우는 도깨비시장 걸어 봐
버즘나무 아래
고구맛대 한 소쿠리
호박잎 한 주먹 기다린단다
노을빛 엄마 손 잡아보았니
녹는다 넝쿨 사랑이 시장바구니에도
알겠니 니가 왜 시방 애호박인 줄을

누나야
아빠가 손짓하면
은어 떼 우는 섬진강 둑 달려 봐
저 하늘엔 달무리
강물 속엔 은하수 반지
은빛 투망도 동그라밀 친단다
으악새 아빠를 불러보았니
흐른다 새끼 사랑이 누나 부엌에도
알겠니 니가 왜 시방 애 엄마인 줄을

서사성을 보듬는 절절한 서정시의 전범

─ 민족 고유의 정서까지 담아내는, 시대를 견인하는 시

소재호 (시인, 문학평론가)

서사성을 보듬는 절절한 서정시의 전범

— 민족 고유의 정서까지 담아내는, 시대를 견인하는 시

소재호

(시인, 문학평론가)

왕태삼 시인으로부터 자신의 시에 대한 평설을 주문받았다. 이 잔인한(?) 압박으로부터 몇 날 며칠을 끙끙거리지 않을 수 없었다. 시가 너무나 훌륭하고 매우 감동스럽지만 그럼에도 불구하고 시인에게 더 관심이 경도되는 심경으로 말미암아 시인과 시의 간극에서 쩔쩔맬 수밖에 없었다.

시인이 거느리는 만상의 여울이 보이고, 시인이 일으키는 인간적 아우라와 이미지가 가득가득 지피며, 시인이 구상하는 사람 동네가 확연하게 비치는 것이다. 필자와의 오랜 교유에서 비롯되었으리라는 유추도 가능했지만, 그보다는 왕 시

인이 행위 짓는 마디마디 삶의 고임이 인상 깊게 각인되었던 탓이리라!

그의 일상 행위, 그의 규범, 그의 윤리 등 온갖 원칙이 하나로 종합되는 격률의 구현에서도 또한 유래된 것이리라. 일은 세심하게 꾸리며, 행사는 조밀하게 엮어내는 모습에서도, 아니 사람을 대하고 사람과 훈훈하게 어울리는 경우에서도, 과람하여 넘치지 않고, 그렇다고 소홀하지 않는 품성이 자못 인간적이고 매우 정중하게 보이기 때문이기도 하다.

필자에 비하면 젊으나 젊은 시인이 어찌 이렇게도 돈후한 인생을 돌탑 쌓듯이 하여 그렇게 차곡차곡 품격을 높였을까? 그는 남의 말을 가만히 경청하며 남들의 수다를 정중히 받듦으로 해서 상대방으로 하여금 이내 부끄럽게 만들기도 한다. 현학적인 남의 자만을 가만히 웃기만 한다. 누군가가 마냥 호기를 부려도 그 앞에서 자세를 결코 흐트러뜨리지 않는다. 큰 어른의 품새다. 그의 진지하고 정중함으로써 쓸쓸하고 허무한 정서로 마음 흔들리는 사람들에게 오히려 천근 무게의 위안으로 대좌할 뿐이다. 빙그레 웃고 소이부답笑而不答할 뿐이다.

현대 젊은 시인에게서 19세기 말 조선 동네의 포근한 인심이 읽힌다. 늘그막에 선 사람, 팔부 능선쯤에서나 묻어나는 인생 회한도 능히 감지되는 차분한 정리가 그에게서 읽힌다. 숨막히는 세기말적 혼돈의 시대에 가만히 인간주의를 견인하는 한 시인의 자태가 돌올하다. 인자무적仁者無敵을 실행하고 있을레라. 이 땅에 자생하는 꽃이란 꽃은 다 심고, 그들과 속삭이되, 그 빛깔과 향기로 이름 지으며, 마침내 이 꽃 저 꽃 향기로 물들어, 인간의 언어가 저리 형상화되는, 고요한 삶을 누리는 것이 아니겠는가?

형제자매가 4녀 2남으로 우애가 사뭇 돈독하고 부모 모심이 극진하여, 그 댁 가화만사성이 이웃들의 부러움을 사고도 넘치는 것이다. 수신제가하고 그렇게 진작된, 유년 시절 이래로 인간성 넘치는 일상이다가 시의 세계를 궁구하며 우주를 운운함에 이르지 않았겠는가? 부모님 말씀은 경經이 되고, 풍류가 되고, 시가 되고 마침내 학풍이 된 구례의 한 문화 가정은 동양적 유가儒家의 전범이었던 것이다.

왕 시인의 시에서 읽히는 것은 이상향의 실현이다. 석정의 시에서 '그 먼 나라'로 표방되는 이상향은 지금 여기가 아닌 '먼 훗날 먼 곳'을 상정하지만, 왕 시인의 시에서 얽고 얽히는 인연의 골짜기는 지금 바로 고향 동네인 셈이다. 남도 물줄기 굽이도는 아랫녘 구례땅, 구례의 산천인 것이다. 야트막한 선산 자락에는 조부모님과 선친의 유해를 모시고, 이곳 가까운 거리 작은 마을 하나 짓고, 돌담 그윽이 돌아 돌아 고운 인심들 속살거리는 소리, 지금도 귓전에 맴도는 곳, 고택 그을음 앉은 채 거기 그대로, 현대의 스승인 과거가 빛나게 과거인 채로, 사서오경쯤은 능히 뗸 학자님 댁 솟을대문 그대로, 떡 벌어진 안채는 고풍스런 모습 그대로, 사람의 집들만 고즈넉할 터이다.

거기에서는 한 가닥의 갈등도, 한 뼘의 시샘도, 한 타래의 의심도 깃들지 않고 무엇 하나 부러움 없는 유일무이한 그 댁만의 별유천지일레라. 거기가 바로 왕 시인의 유토피아이고 시의 모태일 시 분명하다. 지리산의 기운이 섬진강 굽이로 풀리어 흐르는 곳, 매천 황현 선생의 기침 소리도 들리는 듯한 유서 깊은 곳, 아홉 번 절하고 아홉 번 예 갖춤으로써 비로소 한 동네가 민속의 가운데에서 우뚝한 것이다. 자연과 사람, 땅과 사람, 하늘이 곧 사람이라는 인내천 사상이 예서 발원한 게 아닐까? '스스로 그러한 대로' 산맥 굽이치고 물 첩첩 내 이루는 무위자연도 예서 지펴 오르지 않았을까? 절節이요, 정貞이요, 사뭇 풍류인 구례 땅에서 그 인상의 시인 후배 한 사람을 읽는다.

왕 시인의 자질과 품성을 누에고치에 견주어 본다. 나뭇잎으로 담백하게 생계를 청하다가 죽음보다 깊은 잠에 들어 우주를 꿈속에서 얽어내는, 잘록한 한 채의 정갈한 종교를 만난 듯이, 한 채 한 채의 사원 같은 시를 읊어내는 그런 시인과 조우해 보는 것이다. 그런 정채精彩의 시를 빚는 시인의 아침을 가슴으로 영접해 보는 것이다. 누에는 넉 잠을 잔다. 네 개의 세상을 건너 윤회하듯이, 산과 골짜기, 구릉과 내를 건너, 교향악이 몇 번 변주되고 마지막 당도하여 초원에 무지개 세우듯 청정한 섶에 올라 꿈꾸어 환영을 더듬다가 마침내 천리만리 서사를 풀어내는 명주실… 정한을 담아 민족의 정서가 풍기어 나오는 시의 자락자락이 비단이 되던 것을… 가시섶에서 선녀의 치맛자락이 끄을리며 사뿐사뿐 발걸음 놓던 것을… 이승의 비명은 까마득하고, 삼십삼천의 하늘에 어리어 직녀가 짜고, 영롱 화려한 빛살의 은하 펼치듯 시는 운율에 얹혀 읊송되는 것이다. 한 편의 시가 한 채의 사원이라고 말했던 보들레르의 명언이 육화된 듯이 왕 시인의 시는 그렇게 외외 巍巍한 자태로 선다.

왕 시인의 시 속에는 천만 굽이의 따뜻한 정의 핏줄이 흐른다. 인간의 존엄성 운운은 오히려 사치스런 말이다. 구순을 넘기신 왕 시인의 어머님은 아마도 모든 것을 초월하고, 자신도 초월하여, 초인다운 면모이려니와 가만가만 마음 풀어내는 인간의 정, 그 절대의 딱 하나 '인정 베풂'과 같은, 그런 정으로 유전한 정서의 시, 그런 정리의 시를 왕 시인은 베풀고 있다. 참 좋은 시를 만나며 필자는 영광을 느낀다.

"시인은 슬프고 고독한 사람이고, 음악가는 우울한 몽상가일지 모르지만, 그러한 경우에도 그 작품은 신과 별의 명랑성을 힘입고 있다." ― H.헤세.

검은 숫돌 속엔 빛이 들어 있다
우리 집 숫돌은 배가 꺼지지 않았지만
철식이네 숫돌은 늘 배가 고파 있었다
뱃가죽이 홀쭉해 갈수록
그 집 암소는 황금 들녘으로 자라고
친구 뒤꼭지는 밤톨처럼 단정했다

그의 여동생은 하얀 고봉밥을 닮아갔다

그게 궁금했다

나는 물음표처럼 서서 담장 너머 보았다

수평선에 아침 해를 갈 듯

쓱싹 쓱싹 황새낫을 갈고 있었다

뉘엿뉘엿 들에서 돌아와선

지평선에 저녁해를 갈 듯 또 낫을 갈고 있었다

철식이네 아버지가

숫돌 위에 방울방울 타는 건

물이 아닌 그의 몸속에서 꺼낸 구슬땀이었다

쓱싹 쓱싹

어둠 속에서 빛을 캐는 집

철식이네 낮 마당은 소금밭 밤 마당은 별밭이었다

—「숫돌」 전문

전원 시풍인데 서정성이 곧히 깃들고, 서정 시풍인데 서사성이 깊이 도사린다. 또한 풍자적이기도 하다. 의인화가 뚜렷하며 온갖 은유가 재주부린다. 역설법, 아이러니가 행행마다 똬리를 튼다.

숫돌은 매우 상징성을 띤다. 숫돌은 검은 빛깔인데 빛이 들어 있다고 했다. 이 얼마나 다부진 아이러니인가? 숫돌은 자주 사용한 집과 덜 사용한 집과의 대비, 생계의 부유와 빈한의 차로 비유된다. 작은 돌멩이 하나로 한 동네의 서사적 이야기를 풀어간다. '낮을 간다'는 것은 농촌의 일상을 잘 묘파한다. 낮 갈기를 멈춘 집은 푸른 달빛만 내리는 신화의 집일 터이요, 낮 갈기를 부지런히 연속하는 집은 태양의 빛이 넘쳐서 역사를 이루는 집일 터이다. 언어의 다의성이 상징시의 면모를 띄운다. "나는 물음표처럼 서서 담장 너머 보았다"는 담장이란 경계를 넘나드는 이웃과의 교통이 재미있게 표현되고 있다.

우연히 들개가 지나갔어
마냥 꼬리치는 동네 개는 아니야
네 발 달린 탁발승 같았어
소나기 속에서 눈보라 속에서
흠뻑 나타난 뜨거운 경악이었어

낯섦과 낯익은 미심한 눈초리를
긴장과 연민의 조마조마한 거리를
들숨과 날숨의 허기진 여백을

그땐 왜 몰라봤을까
소년의 돌멩이에 쫓기던 그 들개를
따뜻한 왕국을 버린 시의 붓다를

지금쯤 어느 취한 도시의 골목을 순례할까

먼 산자락서

감자 고랑을 뒤엎는 멧돼지가 아니라

콩 순을 따먹는 천연 사슴이 아니라

사람에게 마음이 부러져도

다시 사람 주위로 절룩이는 그 들개

넌 집 나가 봤니 일명 미지의 보따리라고

오 내 거울 속엔 애완견 냄새가 아른거려

비단 목줄을 끊지 못한 채

황금의 뒤가 마려운 채

아직도 딸랑딸랑 방울 소리가 풍겨

이제는 던져버릴 거야

삼시 세끼 그 고마운 개뼈다귀 주인을

침대를 내리는 들개가 되어

어둠을 가르는 번개가 되어

으르릉 푸른 천둥으로 울고 싶어라

가로등 없는 골목을 위하여

컹컹 구름에 잠든 달을 깨우고 싶어라

─「네 발 시인」 전문

유럽에서 음유시인이란 신분의 시인이 있었다. 고대 그리
스의 서정시인이 각지를 떠돌며 시를 영창詠唱하면서 다닌 데

에서 비롯되었지만, 중세 프랑스에서 일어난 서정시인의 일파이기도 했다. 몇 세기를 이어지던 음유시인의 향유 풍속은 모든 예술 분야 융성에 이바지한 바가 컸다고 한다. 딱딱한 인간 삶을 여유롭게, 낭만스럽게 진작시키는 전기가 되기도 했고, 왕손이나 귀족 집안을 서민층 가풍에 연대시키고 연계시키는 매개자의 역할도 했다고 한다.

이 시에서 떠돌이 들개는 떠돌이 음유시인에 부합시킨다. 또는 탁발승 같기도 하여 천대와 융숭한 대접 사이에서 유랑하는 김삿갓 시인인 셈이다. 위렌이란 사람이 말한다. '시란 아이러니의 화염'이라고, 또 호프만이란 사람은 '시는 모순의 불꽃'이라고 말한다.

「네 발 시인」에서 보여지는 온갖 사상은 저러한 시의 정의를 완전히 함축한다. "낯섦과 낯익은 미심한 눈초리를/ 긴장과 연민의 조마조마한 거리를/ 들숨과 날숨의 허기진 여백을" 대칭과 대척의 환경을 넘나드는 유랑자의 궁핍과 남루가 보이고, 두 가지 초점의 인간 시선을 만나게 된다. "따뜻한 왕국을 버린 시의 붓다를", "사람에게 마음이 부려져도/ 다시 사람 주위로 절룩이는 그 들개"에서 인간에게 버림받아도 끝내 인간을 섬기며 시인의 본분을 다하리라는 결의도 시적 형상화로 잘 표현된다. 그러나 끝 연에서 뭉클한 시적 자아의 결기를 본다. "어둠을 가르는 번개", "푸른 천둥으로 울고", "구름에 잠든 달을 깨"운다는 시인의 의지 확대와 신념 확산을 바탕으로 우주화하는 시(시인)의 세계를 마주하며 섬찟한 전율을 느

낀다. 참으로 고갱이 높은 시이다.

> 대나무는 자기를 비우며
> 충충
> 푸른 그리움을 쌓고 있었다
> 이리저리
> 푸른 아코디언처럼 몸을 비틀며
> 바람의 노래를 타고 있었다
> 내 마음도 대숲에 들어
> 임금님 귀는 당나귀 귀
> 임금님 귀는 당나귀 귀
> 털지 못한 고백을 부르고 싶다
> 때론 사랑의 가짜뉴스를
> 흘리는 서동왕자가 되고 싶다
> 죽녹원에 들면
> 죽도록
> 그대가 왜 장대비로 빗발치는지
> 내가 왜 파랑새로 젖어 우는지
> 마디마디 뼈저리게 알 수 있다

—「죽녹원에서」 전문

대나무의 이미지를 잘 드러낸다. 의인화되어 감정이입의
수단을 잘 나타내기도 한다. 아코디언으로 비유되는 행이 매우 절창이다. "임금님 귀"와 "서동왕자"는 동화와 설화의 낯익은 이야기를 인용하면서 실감을 자아낸다. "죽녹원-죽도록"의 연계는 언어유희로서 퍽 재미있다.

"그대가 왜 장대비로 빗발치는지/ 내가 왜 파랑새로 젖어 우는지/ 마디마디 뼈저리게 알 수 있다"의 결구에서 참신한 이미지즘의 표정을 읽는다.

　　한겨울 새벽마다 발끝에 오는 사랑

　　장닭보다 온기로 먼저 깨우는 어머니

　　가난한 군불로 식어가던 꿈나라를

　　지피고 지펴주신 어머니 불꽃

　　아궁이 향기를 달고 사는

　　오늘도 굴뚝같은 구순 내 어머니

　　퇴근길 거리마다 깜박거리는 사랑

　　그믐날도 보름달로 떠오르는 어머니

　　사람이 먼저라고 무거운 내 어깨를

　　다독이고 다독이신 어머니 노래

　　아가페 향기를 품고 사는

　　오늘도 쉴드 치는 꿈속 내 어머니

　　　　　　　　　　　　─「굴뚝같은 어머니」전문

이 시에서 어머니는 동화 속 어머니이며 한국적 모성애의

표상이다. 연마다 행마다 비유되는 보조관념들의 함께 어울림이 매우 출중나다. 그러니까 소재의 선택이 절묘하다. "장닭", "군불", "굴뚝", "보름달" 등등이 그러한 예이다. 우리나라 사람들이 일상으로 사용하는 말 중에 '소원이 굴뚝같다'라고 하는 말이 있는데, '소원=굴뚝'은 그 은유가 비범하다.

일상언어가 시적이다. "굴뚝"의 상징성은 '소원의 성취', '특별한 하늘의 은총', '현상의 기적적 반전' 따위의 의미를 함축한다. "굴뚝같은 어머니"는 결국 '별난 어머니', '특별한 어머니 사랑'쯤으로 해독되는 어휘이다. 상투적 어휘인데도 그 상징은 '창조적 상징'으로 보아야 한다.

「밀화부리가 다녀간 이유」의 시에서도 '인습적 상징'이 아니라 '창조적 상징'이 돋보이는 행들이 많이 등장한다. "너의 먹이는 투명한 겨울 햇살과 달빛", "봄을 모르는 살찐 씨앗들", "주먹돌같이 저승새", "박쥐같이 낭창낭창 매달려", "라이터돌 깨 먹는 우렛소리" 등등은 상징미, 역설적 테크닉, 이미지 풍의 회화성으로 시의 결기가 충만하다.

　　폭포는 씨줄을 모른다
　　날실이 날실이 허공을 뛰어내린다
　　너는 날개 없는 무명새
　　끝없이 높이를 거부하며 어제의 이름을 던진다
　　쉼표도 가감도 없이
　　스스로 내리는 저 하얀 파산선고

보라

저 주검에서

오르는 무량한 은빛 사리 떼를

수심 속 소용돌이치는 검푸른 혼돈을

고요히 고요히 무심의 잉태를 기다려

청룡흑룡은 한 마리 흰 구름으로 우화할 터

폭포여

그 폭포를 버리고

산 돌아 들 돌아 바다로 가는 폭포여

아슬한 하얀 이소離巢새여

넌 둥지를 몰라라

부서질지언정 죽음의 턱에서도 얼지 않아라

폭포

쉼 없는 하얀 숨소리여

미련 없는 하얀 지우개여

일말의 노을도 없어라

한 줄의 저녁 일기장도 없어라

한 점 푸른 이끼도 없어라

오직 한 생애를 허공에 새길 뿐

넌 무늬를 모르는 무심한 폭포 심경인 것이다

—「폭포 심경」 전문

이 시는 매우 웅변적 톤이다. 영탄법으로 의인법으로 장엄

한 함성 같은 이미지를 띤다. 시공을 일시에 관통하는 폭포의 속성을 너무도 잘 묘사한다. 어찌 보면 관념적 사유의 주지시이나 "심경"에서 말해주듯이 경쾌한 리듬, 한 컷의 영화 신 같은 찰나의 정경의 클로즈업, 그러하면서도 동양적 무위자연을 읊는다. 남향적男向的 대륙적 호연지기가 단연 돋보인다. 시적 형상화가 매우 절묘하다.

　　　물가에 애기똥풀 배앓이하면
　　　할미새 끄덕끄덕 여울에 운다네
　　　무릎에 새끼 손주 똥방뎅이 키워서
　　　가슴에 손주 똥물 물들어 산다네
　　　할미새 긴 꼬리 노랑할미새
　　　할비새 앞산 묻고 할미새 담배 묵고
　　　나는 긴 꼬리 할미 타고 고향 떠났네
　　　그래서 도시에도 할미새 산다네
　　　단정한 매무새 가난한 할미새
　　　콩나물처럼 구구단처럼 나는 자라고
　　　엄마처럼 아빠처럼 할미새 울었네
　　　할미새 긴 꼬리 노랑할미새
　　　애기똥풀 군대 가고 고향에 왔다네
　　　할미새 끄덕끄덕 밤새 운다네
　　　지금도 먹이 물고 꿈속에 운다네
　　　　　　　　　　　　　　　　—「노랑할미새」 전문

이 시는 곡을 붙여 노래로 만든다면 너무나 좋을 것 같다. 고려속요처럼 민속 민화처럼 의미심장하다. 깊은 의미가 아닌데, 설렁설렁 회화된 서사인데, 뼛속 깊이 슬픔이 우러난다. '자자字字이 비점批點이요, 구구句句이 관주貫珠로다.' 전설을 노래하는 것 같기도 하다. 현대시를 이처럼 고아하고 전아典雅하게 구조할 수 있단 말인가?

호르르 호르르르
보았다 귀로만 볼 수 있는 불새를
눈 감고도 가는 동네 개울가, 벌떡 쌍불을 켰다

낯선 불덩이새 한 마리, 용광로에서 막 태어난 듯
저 은사시나무 가지에 금붕어새
부리는 긴 장총 같아 빨간 피노키오새

눈으론 믿기지 않는 풍경이
저 붉은 경악이
내 잿빛 가슴에 불씨를 당긴다
내 흐릿한 안개 눈을 불사른다

수만 리 바다 건너 이역 하늘을
태양에 절어 별빛에 절어
내 메마른 일상을 태워버린 방화새야

온몸이 뜨거워 심심산천에 사는가

넌 다시 눈 깜박일 새, 호수를 질러

깊은 숲으로 사라진다 호르르 호르르르…

　　　　　　　　　　　　　　─「호반새」전문

　왕 시인의 시를 숙독하노라면, 저 고려 적 순하디순한 흰옷 입은 전설의 노인이 보인다. 그리고 구례가 전설의 땅인 듯이 그 산천이 오버랩된다. 호반새가 전설의 나라를, 그 동네를 가로질러 날고, 그곳 내와 호수와 하늘이 호르르 보인다. 이쯤이면 시는 대번에 성공한 시이다. 전체로 한 가닥 흐르는 정서가 그냥 한 줄기 시냇물이다. 막힘이 없이 연달아 이미지가 영속된다.

　과거와 현재가 만나서 미래로, 그 산 고개로 넘어가는, 슬픈 아낙네 같다. 청상이 시집을 떠나 정처 없이 일상을 지우고 방랑의 길에 선, 그런 여정을 시작하는 우리네 민족 중의 한 많은 여인네 모놀로그 같다.

　봄은 멀어도

　한 그루 어린 매화로 입춘대길을 심던 아버지

　막내 삼촌 장가간 날은

　얼마나 배꽃 따라 하롱하롱 춤추셨던가요

　당신의 으악새 슬픈 노래로

　나는 새처럼 얼마나 울고 또 속았던가요

내 유년에 최초 술 따라 주신 이여

포도나무 아래 막걸리 반 잔 공손히 따라주시고

냉큼 일어나 왕포도 안주 푹 따 입에 밀어주시던 아버지

지금도 한 번씩 내 입술을 깨무는 건

알알이 당신을 오물거리다 울컥 생각나기 때문이지요

아버지

　　　　　　　　　　　—「시인의 아버지」 부분

　이 시도 절창이다. 장시라서 일부만 인용하였지만, 이 시 속
에는 '구례'라는 이미지화한(시인에게 이상향인) 고을이 보이고
엄부嚴父라 일컫던 우리네 아버지의 또 다른 부성애가 묘파된
다. "내 유년에 최초 술 따라 주신 이여/ 포도나무 아래 막걸
리 반 잔 공손히 따라주시고/ 냉큼 일어나 왕포도 안주 푹 따
입에 밀어주시던 아버지" 아들에게 공손히 술 따라 주시는 아
버지가 조선 천지에 또 어디 있단 말인가? 왕씨 집안은 사용
하는 가재도구나 나무 열매까지 '왕' 자가 붙는가 보다. 왕막
걸리 왕사발에 안주는 왕포도이니 말이다.
　'왕 시인의 선친께옵서 천상 시인이셨다', '아니 엄한 아버지
이시며 자상한 훈장님이시었다' 감히 표방하여 그리 칭송하고
싶다.

한라산은 이 땅의 뿌리를 알고 있다

백록담 물맛이 백두산 천지연 물맛과 같다는 것을

오늘은 남 구름이 한 바가지 물 길어가고

내일은 북 구름도 물 길어와

서로의 가문 물동이를 연년이 채워주며 산다는 것을

우리는 한 뿌리야 제주는 믿고 살았지

보릿고개야 천년만년을 넘었어도

해방 후 분단 고개야 차마 눈감을 줄 몰랐어라

우뚝 한라산 깃발 아래 용암처럼 통일을 외쳤어라

육지보다 붉은 피가 돌아

광장에서 검은 총구 끝에서 수십만 동백꽃은 피어올랐다

이념에 쫓겨 산간으로 활화산으로 사슴의 무리도 쫓겨

죽어서도 껴안은 동굴 속 흰 늑골들 피멍 든 손톱 갈퀴들

그날부터 백록담은 하늘샘 비우고 눈물샘 된 거란다

골짝 골짝 흰 넋을 길어 산 까마귀 울음까지 길어

한라산 구름은 성자처럼 지금도 백록담을 오르는 거란다

아방 하르방 사라져 마을도 사라져 올레올레 젖은 수국꽃

구르고 싶어도 죽고 싶어도 올레올레 찾아올까

파란 여승처럼 살다 노을빛 색시로 지는 올레올레 수국꽃

제주도에 늦었지만 오길 잘했다

한여름 불볕에도 서릿발 내리는 4·3 평화공원

소리 없는 저승의 함성조차 방탄 유리함에 갇힌 평화공원

치 떨리는 꽃잎의 역사 앞에서

나는 하얀 손 없어 분향 없이 고개만 떨군다

나는 바다 건너 불구경꾼 관광객이었음을 고백한다

보트피플처럼 빠져나오신 옛 제주도 장인님이 떠올랐다

작은 돌고래 같던 몽글몽글 돌멩이 같던

내 장인의 청춘이 유기견처럼 떠돌고 있을 조천 마을

내 아내가 한 송이 섬 색시였구나 탐라 수국꽃이었구나

내 자식들도 동백꽃 피가 돌겠구나 오직 나만 없는…

별안간 한 조각 구름이

내 눈물샘을 훔치고 한라산 백록담으로 총총 사라진다

제주도에 늦었지만 한 방울 죄가 가벼워졌다

―「제주도에 늦었지만」전문

    대서사시이다. '백두에서 한라까지/ 모오든 쇠붙이는 가라'
고 읊은 신동엽 시인의 「껍데기는 가라」의 시가 상기된다.
"아방 하르방 사라져 마을도 사라져 올레올레 젖은 수국꽃/ 구
르고 싶어도 죽고 싶어도 올레올레 찾아올까/ 파란 여승처럼
살다 노을빛 색시로 지는 올레올레 수국꽃" 슬픔이, 처연한 심
경이 녹아들어 겉으로는 아무렇지도 않게 수국꽃을 노래한다.

할 이야기가, 해야 할 이야기가 너무 많아서 서귀포 앞 바다 물이랑만큼이나 많은데, 오히려 필자의 언펄칭 잡된 언어가 부끄럽고 무안할 뿐이다.

한강 소설가의「작별하지 않는다」에 접목되는 이미지가 불현듯 클로즈업된다. 제주 4 · 3사건이 광주 5 · 18로 건너와 그 잔인한 서사들이 서정성으로 시인을 울먹이게 한 민족 수난의 징검다리 역사가 환하게 4 · 3 평화공원에 펼쳐진다. '평화'라는 말을 저러한 곳에도 붙여야 쓰겠는가? 오금 저리는 서사시를 만나 필자는 한참을 숙연히 고개 숙였다.

먼먼 할아버지는
박연폭포 아래 소리꾼으로 살다가
역성의 칼춤에 선죽교 지나 한강 건너
남으로 남으로 단풍 따라
섬진강 따라 구례로 내렸다지요

나의 장인님은
제주도 순한 돌고래처럼 살다가
이념의 총소리에
북으로 북으로 동백꽃 따라
바다 건너 오동도 순천 구례로 올랐다지요

목선 끝에 매달려 칠흑의 바다를 건너듯

우리는 실낱같은 바람이 맺어준 씨앗들

그래서 우리의 뿌리는 시퍼런 바람인 거야

또 먼먼 우리의 자식들은

어느 바람을 탈 민들레 홀씨가 될까

　　　　　　　　　　　—「바람의 씨앗들」 전문

　바람의 씨앗은 인연 맺기의 씨앗이다. 바람은 윤회하면서 생멸하면서 또는 왈칵 반가운 민들레 씨앗을 옮겨온 신神인 것이다. 고려 왕씨 집안의 내력과 왕 시인 처가댁의 한 많은 내력이 시공을 넘어 한 타래 역사로, 한 접시 불 밝은 전설로 융합을 이루니 이에 시의 기능이 기적 같은 것이다.

　"목선 끝에 매달려 칠흑의 바다를 건너듯/ 우리는 실낱같은 바람이 맺어준 씨앗들/ 그래서 우리의 뿌리는 시퍼런 바람인 거야" 신이 점지한 숙명에 기인하여 우리는, 우리의 뿌리는 시퍼런 바람이 되고 있는 시를 정중히 맞는다.

　시인은 시적 변용을 부린다. 저러한 바람도 되지만, 시가 인간을 시적 인간으로 부린다. 「새」에서 "나 삼겹으로 밤새 배를 채우는 동안/ 넌 바람 마시며 하늘을 얻었구나"를 보면 나는 즉자卽自이고 새는 대자對自인 셈이다. 헤겔의 말씀이다. 새는 나의 상대성 이미지이지만 결국 시인의 '하늘 얻음'인 재귀 행위인 셈이다.

등나무와 칡꽃

똑 닮았다

무성한 보라 꽃에 가슴 뭉클 향

서까래 삭아 무너져도

사랑의 기둥만은 칭칭 붙들어 온 생애

반 바가지 빗물이면 햇살로 한 바가지

진한 갈등 속에도 짱짱한 온기의 집

모태 신앙의 집

단 한 번이자 나의 최초 영구 무상의 집

―「부모」전문

'갈'과 '등'은 모순이란 말과 유사어로 쓰인다. '서로 등을 돌림'이요, 반과 역의 의미이다. 그런 이미지를 뒤집고, 똑같은 보라 꽃 뭉클 향이요, 함께 "사랑의 기둥만은 칭칭 붙들어 온 생애"로 형상화시킨다. 절묘한 패러독스이다. 미학을 주하는 글에서 대칭과 갈등은 한 조화 속으로 융합하는 것이 예술의 본령이라 했다. 왼쪽으로 감아 올라가고, 오른쪽으로 감아 올라가는 두 가닥의 넝쿨식물 속성을, 한 생애 어둠을 더듬어 온 부부에 빗대어 표현하였다. 우리 후예는 갈과 등이 지붕 없는 "영구 무상의 집"에 거처한다 함이니 표현이 절묘하다.

한때는 아메리카 신도시 꽃집의 꽃

본명은 핑크 플리베인, 세련도 해라

오래오래 사랑받다 주인의 눈빛이 시들어

스스로 유리문을 박차고 바람 타고 발굽 타고 온 밀항 꽃

장미와 튤립의 찬란한 감옥의 성을 거부하며

변방에 폐허에 무명의 무덤가에

희망처럼 성지처럼 찾아가는 하얀 순례단

때론 가난뱅이 풀로 망초대로

온 세상 주홍의 돌팔매란 돌팔매 다 거두어

박토마다 비탈마다 대속의 뿌리로 내렸어라

아직도 박해의 상처들 화전 난민의 향기들

바다로 갔으면 이랑이랑 물비늘꽃 피웠을 텐데

지옥으로 갔으면 천국의 구름꽃 피웠을 텐데

가장 막막한 곳에 어두운 곳에

먼저 달려와 내일을 춤추는 촛불꽃이여

우리들의 보릿고개도 구원한 풍년꽃이여

슬픈 유배라도 강제 이주라도

돌 틈마다 새 뿌리 내려 새 향기 피운 그곳이

세상의 성지임을 안다

우리들은 모두 귀화의 후예

나를 버리고 고향도 버리고

지금도 항구마다 하늘마다

또 다른 신화를 꿈꾸는 침묵의 하얀 실존들이 몰려오고 있다

— 「개망초 박해」 전문

개망초는 꽃이면서 꽃이 아닌 잡초이다. 잡초란 선택 받지 못한, 사랑 받지 못한 그대로 잡초이다. '슬픈 유배라도 강제 이주라도' 당한 백성처럼 집단 유랑의 신세인 것이다. 사할린 강제 이주된 구한말 조선족쯤 되는 이미지를 구성한다.

유안진 시인의 「들꽃 언덕에서」란 시가 있다. "들꽃 언덕에서 깨달았다/ 값비싼 화초는 사람이 키우고/ 값없는 꽃들은 하나님이 키우는 것을/ 그래서 들꽃들은 하늘의 향기인 것을/ 그래서 하늘의 눈금과 땅의 눈금은/ 언제나 다르고 달라야 한다는 것도/ 들꽃 언덕에서 깨달았다."

인간에게 버려진 꽃, 개망초꽃은 하느님이 가꾸신 꽃인 것이다. "돌 틈마다 새 뿌리 내려 새 향기 피운 그곳이/ 세상의 성지임을 안다// 우리들은 모두 귀화의 후예/ 나를 버리고 고향도 버리고/ 지금도 항구마다 하늘마다/ 또 다른 신화를 꿈꾸는 침묵의 하얀 실존들이 몰려오고 있다" 역설적이며 긴박한 아이러니가 촘촘하다. 시인의 눈은 잡초 다랑이에서 "성지"를 보며 "신화"를 꿈꾼다.

석정의 대숲은 바람의 언덕에 산다

먼 서해가 바라다보이는

대숲은 검푸른 파도를 응시하며 오늘의 바람을 읽는다

바람에 살고 바람을 거부하는 대숲

수평선 바람엔 덩실 어깨춤 추고

칼바람엔 한사코 한 마디 꺾이질 않는다

대숲은 어둠의 골짝에 모여 산다

인간의 털끝 하나 보이지 않는

대숲은 늘 푸르게 서서 멍든 짐승들을 품는다

오직 땅과 하늘만 보이는 대숲에서

그 상처들은 마디마디 어머니의 손길을 바른다

대숲의 푸른 눈물은

한라에서 백두 그 너머 아라사까지

우크라이나 대평원 해바라기까지 흐른다

경계도 없이 종점도 없이

푸르디푸른 억겁의 은하수까지 흐른다

석정의 대숲은 거리의 악사로 나온다

들숨 날숨으로 비둘기 광장을 연주한다

빈몸과 빈몸들 이리저리 비틀며

뿌리와 뿌리는 손 맞잡고 하늘 높이 행진한다

아무도 잠재우지 못할 절절한 석정의 대숲

그 대숲 발아랜 연년이 연년이

더 검푸른 죽순들이 총총 피어오르고 있다

　　　　　　　　　　　　　—「석정의 대숲」 전문

「석정의 대숲」은 민중의, 민초의 넋을 노래하고 있다. 시대의 어둔 바람에 시달리면서 결코 꺾이지 않는 절조를 읊는다. 본시 석정이 그랬다. 일제 압제 아래에서도 굴종을 허락하지 않았다. 대숲은 석정 개인이면서 한편 조선의 민중인 셈이다. 다 견디고, 다 이겨내고 대한민국은 다시 건장한 대숲이 되지 않았는가?

　왕 시인은 석정문학회, 신석정기념사업회 실무를 다 맡아해냈다. 오랜 세월 석정에게서 사숙私淑한 셈이다. 가끔은 왕 시인의 시 속에 석정의 정신이 번뜩인다. 평화와 자유를 구가하는, 이를 세계화하는 정신 말이다.

덥나이다

차운 돌 쪼아대던 그 정 소리 멈추시니

그대의 불꽃은 적벽강 서해로 흐르고

변산은 폭포 하나를 잃었나이다

피가 돌아 주인 잃은 돌여인에 피가 돌아

피가 돌아 돌짐승 돌부처에 피가 돌아

내변산 크낙새도 크억크억 피가 돌아

한평생 별똥만 쪼아대시다

그 숨은 빛 따라 별로 가신 오성 조각가시여

이승서 사무친 정

홀연 내려놓고 오르신 하늘 그곳은 어떠하더이까

사람이 보고파서 전화 여쭈면

쪼던 정 끊는 정 다 잊어버리던

단단한 풀잎 목소리여

이제 저 하늘서 우릴 편히 보고 계시나이까

정을 잃어버려 저 크낙새 별 되신 이여

먹구름 속에서 천둥을 캐듯

그대가 차운 돌 속에서

생명을 캐고 영혼을 쪼던 소리, 그 소릴 먹고

우리는 오래된 유골처럼 야금야금 허기져 자랐나이다

그러나 그대 빈자리에 다가갈수록

우리는 살찐 돌 귀먹은 돌로 커져만 가나이다

크낙새 별이시여

세상은 잠들어도 호랑가시 붉은 감옥에 홀로 들어

정 끝 정 끝마다 혼불을 당기신 이여

억겁의 시공을 날아 침묵을 날아

이 산천에 구르는 무명한 돌들을

어둠에서 빛으로 숨으로 표현으로 꺼내주신 이여

그 표현마저 영혼의 돌꽃으로 피어주신 이여

피가 돌아 먹구름 속에서 더운 피가 돌아

피가 돌아 우리들 얼음 심장에 피가 돌아

달빛의 돌여인들이 한 걸음 두 걸음 걸어나가이다

이제 우리는 그대를 잃어버려 행복하나이다

하늘이 저 크낙새 별자리로 고이 모셔갔으니

우리는 그대를 잃어버려 그대를 찾았나이다

이승서 별 만나 별 마음 알게 되고

이승이 미완성 별나라임을 그대가 가르쳐 주었나이다

저 하늘 성좌 크낙새 별 되신 이여

이곳 금구원조각공원에도 가을이 내렸나이다

그대가 빚어주신 국화머리돌여인, 그 돌국 여인이

아침마다 황금의 언덕을 피어오르나이다

부디 그 돌국향 돌국향 영겁에 마시며 길이길이 평안하소서

곧 쏟아질 함박눈은

하늘서 보내는 그대의 흰 조각 편지가 아니겠나이까

ㅡ「크낙새 별 되신 이에게」 전문

'김오성 조각가를 추모'하는 시, 추모시의 전범을 다시 상기시킨다. '행사의 시는 진정한 시가 아니다'는 일반적 인식을 확연히 벗어던진 장중한 시이다. 이에 評評과 설說을 감히 이을 수 없으나, 독자에게 숙독을 권하고자 다시 언급했을 뿐이다.

왕태삼 시인의 시는 편편마다 서사를 하나씩 품는다. 그 서사는 절절한 민족의 수난사이기도 하고, 보통 사람들 한 맺힌 이야기이기도 하다.

서사가 절실하여 시는 벌써 서정시의 기풍을 띤다. 서사적 서정시이거나 서정적 서사시로서, 시적 변용을 거치며 우리들 심금을 울린다. 감동이 없는 시는 시가 아니라는 듯이 스스로는 안으로 울되 독자에게는 눈시울을 뜨겁게 만든다. 시가 거의 절편이다. 장차 큰 시인이 될 성싶다.▨

| 왕태삼 |

전남 구례에서 태어나 전북대학교대학원 국어국문학과를 졸업했다.
『문학시대』로 등단, 시집으로 『나의 등을 떠미는 사람들』『눈꺼풀로
하루를 닦는다』『밀화부리가 다녀간 이유』를 발간했다. 작촌문학상,
전북예총공로상을 수상했다. 현재 전북시인협회이사, 석정문학회
부회장, 신석정기념사업회이사, 전북대학교평생교육원 시창작교실
강의를 맡고 있다.

이메일 : wang1727@hanmail.net

현대시 기획선 121
밀화부리가 다녀간 이유

초판 인쇄 · 2024년 12월 25일
초판 발행 · 2024년 12월 30일
지은이 · 왕태삼
펴낸이 · 이선희
펴낸곳 · 한국문연
서울 서대문구 증가로29길 12-27, 101호
출판등록 1988년 3월 3일 제3-188호
편집실 | 서울 서대문구 증가로31길 39, 202호
대표전화 302-2717 | 팩스 · 6442-6053
디지털 현대시 www.koreapoem.co.kr
이메일 koreapoem@hanmail.net

ⓒ 왕태삼 2024
ISBN 978-89-6104-379-3 03810

값 12,000원

* 본 시집은 (재)전북특별자치도 문화관광재단 2024년 지역문화예술육성지원사
업에 선정되어 보조금을 지원받은 사업입니다.

✳ 잘못된 책은 바꾸어 드립니다.